# 会唱歌的颜色

闫太安 ◎ 著

陕西新华出版
太白文艺出版社·西安

## 图书在版编目（CIP）数据

会唱歌的颜色/闫太安著. -- 西安：太白文艺出版社, 2022.10（2024.1 重印）
　　ISBN 978-7-5513-2258-4

Ⅰ.①会… Ⅱ.①闫… Ⅲ.①诗集 – 中国 – 当代 Ⅳ.①I227

中国版本图书馆CIP数据核字（2022）第186582号

## 会唱歌的颜色
HUI CHANGGE DE YANSE

| | |
|---|---|
| 作　　者 | 闫太安 |
| 责任编辑 | 付　惠 |
| 装帧设计 | 孙毅超 |
| 出版发行 | 太白文艺出版社 |
| 印　　刷 | 三河市嵩川印刷有限公司 |
| 开　　本 | 145mm×210mm　1/32 |
| 字　　数 | 100千字 |
| 印　　张 | 7 |
| 版　　次 | 2022年10月第1版 |
| 印　　次 | 2024年1月第2次印刷 |
| 书　　号 | ISBN 978-7-5513-2258-4 |
| 定　　价 | 52.00元 |

版权所有　翻印必究
如有装印质量问题，可寄出版社印制部调换
联系电话：029-81206800
出版社地址：西安市曲江新区登高路1388号（邮编：710061）
营销中心：029-87277748

# 目 录

## 第一辑 我的眼睛里只有永恒的夜晚

草原有多宽 / 3

我只有一大堆星星 / 5

我的灵魂丢了 / 8

如果我的眼睛里只有永恒的夜晚 / 10

一只潜意识里的老鸹 / 12

我的身体里有一只独角的兽 / 13

我来自谎言 / 15

玫瑰之约 / 17

身体里有一个花园 / 18

把思想装在旅行的袋子里 / 20

我的胡子 / 21

时间的虚无 / 22

就让我化身万世的浮云 / 23

我穿着一身风 / 25

我的身体里有两匹马 / 27

我有一万只在人间的眼睛 / 28

我有三个理想 / 30

我就是我的马 / 32

我是牧人 / 34

一只黑山羊在飞 / 36

我想回到山上 / 38

站在秋天之外 / 40

站在星空下 / 42

风也不知道虚无的踪迹 / 44

忽然看不见自己 / 46

梦中的男人 / 47

会飞的蔬菜 / 48

我不一定要你来读我的诗歌 / 49

一封邮件 / 50

垂钓 / 51

出卖 / 52

每一日都是闪耀挺立的花苞 / 53

回家的火车 / 54

再坐在高高的山上 / 55

站在地平线上 / 57

## 第二辑　家传的民歌

想你是一个无底深洞 / 61

从唐朝飞来的日子 / 62

时间，我能给你什么 / 64

射出枪口的时间 / 65

时间纷纷落水 / 66

早起的鸟儿 / 67

起风了 / 68

中年以来 / 71

在速朽的人间 / 73

在寂静的夜里 / 74

逝去的是天籁 / 76

## 第三辑　那只被时光合住眼睛的蝴蝶

送花 / 81

母亲 / 83

抽出了父亲脸上的蛛丝 / 88

我的妻子说 / 89

我儿子的眼里 / 90

许愿 / 91

一个神人来到了山上 / 92

樱花 / 93

灰姑娘 / 94

逝去的蝴蝶 / 96

落单的夜莺 / 97

一场雪走了 / 98

古老的爱人 / 100

## 第四辑　会唱歌的颜色

戈壁上的房子 / 105

火的精灵抱着柴的腰身舞蹈 / 107

会唱歌的颜色 / 109

夜晚，母亲的摇篮在歌唱 / 112

我想听牛马的歌唱 / 114

在居家隔离的日子里 / 116

黑夜的歌谣 / 118

满湖的星星在唱歌 / 120

站在夜空下，黑夜是我的佛祖 / 121

落叶的絮语 / 123

火车在一节一节地吐 / 125

把梦从四面八方叫回来 / 126

一个灰暗的巨蛋在说话 / 128

和一支烟说话 / 130

盐巴对灰烬的歌唱 / 131

这世上，神是不言的 / 132

告上帝书 / 133

## 第五辑　一只嘴上挂着水瓶的老鸹

火 / 137

走失的火 / 139

一只嘴上挂着水瓶的老鸹 / 140

风中掠过的老鸹 / 141

一只有个性的老鸹 / 142

到月亮上去的老鸹 / 144

一只抓住了雷声的隼 / 146

黑夜有无数根绳子 / 147

不要向往一个花园 / 148

在一个现实主义的池塘 / 150

所有的花儿都开出了信仰 / 151

在春日,我看到云的灰 / 152

花不停地开,又不断地落 / 153

西山的月亮 / 154

在月亮的宴席上 / 155

幸好我有一匹快马 / 156

夏天是一个闷热型的女人 / 157

我是一面自打自擂的鼓 / 159

海棠花吐出了口中的火苗 / 161

高处飞来的雪 / 163

别辜负了这黑夜 / 165

黑夜是我的一节肠子 / 166

马鞭草 / 167

豹子的敬礼 / 169

我们的两只眼睛 / 170

世界正被玫瑰汹涌的情话亲吻 / 172

我想做一头牛 / 173

燕子的剪刀在三月飞行 / 175

我是一棵飞翔的树 / 176

用火的泪滴烧伤一个黑夜的沉默 / 177

再看你的眼里 / 179

为所有的庄稼歌唱 / 180

枣园的枣 / 181

延一井,从地层深处我听见你的腹语 / 182

鲁艺旧址 / 183

我有两个女人 / 184

你的眼泪 / 185

我有七十二变 / 187

提起那个人 / 189

她是我的春之海棠、冬之飞雪 / 190

中秋的月亮 / 193

八月在长安遇见了桂花 / 194

四月的槐花 / 195

对身体的疑问 / 197

我在我的皱纹里栽花种草 / 198

我想爱的那个人消失在人海 / 199

和一场雪谈恋爱 / 200

雪 / 201

和爱人一起在秋天里走过 / 203

老家的老屋 / 204

光明的童话 / 206

想去太空旅行 / 207

我的孤独是太阳 / 209

在春天失恋的人 / 211

我用双脚支起了太阳 / 212

我的大脑成了花园 / 213

第一辑

**我的眼睛里
只有永恒的夜晚**

## 草原有多宽

草原有多宽
只有阿爸奔跑在云端的马头琴的琴音知道
只有阿妈生了一大堆水嫩云朵和青草的子宫知道
只有乳牛的叫声和跪乳的羊羔知道
只有凄楚的被野狼咬伤的北风和月亮知道
而我是天外的来客
我的马蹄只追逐马兰花的幽香
只在一朵矢车菊的花房里作短暂的停留
只偷偷看一眼火烙草,为了不被它的针刺伤
只在夜间手提紫斑风铃的灯笼
去捉几只萤火虫,去摘几颗星星
决不去讨好娇媚的百合
可一定会坐到罂粟与狼毒花的毡房里
喝它们赐的毒,写绝望的诗
并在草原的宽度里做待宰的牛马,骆驼和羊
用血肉哺育饥饿的牧草,石头和沙子

哺育,草原梦一样辽阔无助的眼睛

草原有多宽
地下的白骨不知道
只有风和鹰知道
只有它肌肤上的草知道
只有它草丛中,蟋蟀与蝈蝈的儿歌与泣哭知道

## 我只有一大堆星星

除了黑夜
我还有什么?
星星是我照看的羔羊
我喜欢它们咩咩的自语
或唱响夜莺的歌谣
赶走那些黑暗中看不见的幽灵

除了黑夜
我的梦想与现实还是个孩子
无法吮吸到乳汁
沙漠、高山、大海,过度的孤寂
将无人能够安慰
星星们美好的遐想也将得不到润色
变得暗淡,索然无味

除了黑夜,还有什么?

我的爱与恨，是一只喜鹊丢在风里的羽毛
它们遗落在村庄的老屋前
一场前世的雪穿过破旧的篱笆姗姗而来

除了黑夜
与她的一大堆星星
我还有什么？
在梦中被苍狼叼上银河岸边的那所老房子
已化作一只没有儿女孤独终老的麻雀
它在那里不声不响地活着
已认识了死亡这个最可爱的老朋友

除了这母亲般睡在木头里没有声响的黑夜
和她的一大堆柔软而又疼痛的寂静
天堂大概也是低矮的，它是一朵
多情的不起眼的桂花开出来的
里面溢满了妈妈带着土腥味的口语
而我在这夜里独自醒悟的身体
依然是一座自我想象的教堂
里面的上帝和凡人都由我一个人来做
但他们都默默地流着眼泪

除了黑夜

我还有什么？

星星是我的肺腑

是女儿送给我的棉袄

我守着这仅有的温度

坚定地不让它们散失

## 我的灵魂丢了

我的灵魂丢了
只有我一个人看见了
他跟着蒲公英妈妈的孩子
到遥远的地方流浪去了

我看见他,被风的鞭子抽痛了
被雨的蹄子踩疼了
我还看见他,在一片苦菜叶上生长
在一朵苦菜花里开放
被城市的霓虹频繁地烫伤了脸
被自己的眼泪无数次地抚慰

我的灵魂丢了
我站在梦里的远方
又听到了村庄的鸡鸣狗叫
在耳朵里吐露着乡愁

我的灵魂丢了
老家空空的院落里
连一只麻雀也搬走了
只有厚厚的灰尘和上面密布的野草
还在等我回来。只有后山上的那堆土
还睁着不知疲倦的眼

我的灵魂丢了
我把黑夜这块柔软的面团
做成了一个人的生日蛋糕
然后，点上一支红烛
等着他闭上眼睛回到我的身体
向我许下一个美好的心愿

# 如果我的眼睛里
# 只有永恒的夜晚

如果我的眼睛里只有永恒的夜晚
那里就一定溢满了母亲栀子花般的气息
和绽放出她紫罗兰般的笑意

那里就必将有黑色的碑石
铭记着过去,雕刻着未来
那里就必定有雾
雾中有爬来爬去
又深入地下的蚂蚁

那里就必然有无奈的流星
烧伤喜马拉雅山顶终年不化的白雪
在高原的额头上烙下刺目的烙印
在一粒青稞的内部留下深深的裂痕

那里就必将有鱼有水
有尘世下不完的雨，刮不尽的风
有我爱人的黑瀑布悬挂在梦里
飘荡在远方，进入漫长的海底隧道

如果我的眼睛里只有永恒的夜晚
我的头颅便是一朵高昂的葵花
它总喜欢站在高处果敢地张望日出
或者静静地处在地窖般的黑暗里
发出它最原始的鼻息声

## 一只潜意识里的老鸹

一只潜意识里的老鸹
从黑夜里独自走出来又走回去
它"呜呀呜呀"地歌唱或祈祷
只有一座空山能够听懂
只有山上的一个果园
一片谷子和一朵白云喜欢听

一只潜意识里的老鸹
无数次地走出纷扰的人海
来到一座路途陡峭又崎岖的深山
它听到了深山里一棵古树的神谕
"一粒谷子的明天是金黄的"
"一朵玫瑰的太阳是血腥的"
之后,它像一朵栀子花一样守口如瓶
慷慨地把幽香馈赠给了它独有的荒野

## 我的身体里有一只独角的兽

我的身体里有一只独角的兽
它痴迷在夜深人静的时候跑出来
独自站在高高的地方
大口大口吞噬皎洁的月光
以及我次第失落的梦魇

这是一只时隐时现又缺失理智的兽
当它无数次出走与归来
无数次咬断缠绕在我体内的众多河流时
我所有向东的鱼便不再向东
它们逆流而上,自动游回了月亮的钓钩上
在那里享受一种自我放弃的胜利

我的身体里有一只独角的兽
它就站在我胸部的左边
整日伪装成一个谦谦君子

在人海里来去自如
只是在我胸腔的右边
最后一只羊坠入了城市的入口
最后一根救命稻草被大风吹折
最后一丝乡愁被落日红色的车轮碾碎

## 我来自谎言

因为谎言
男人和女人方才懂得了做爱和嫉妒
耶稣才能在十字架上走向复活
我才会亲手把母亲埋掉
事先挖好父亲的墓穴

因为谎言
天空的云雾和雨水无家可归
大地上的花朵开多少就落多少
流入大海的水也都成了苦的
地球和苹果不得不长成了滚动的圆形

因为谎言
我才对妻子之外的女人抱有想法
星辰才会跳入河流自绝,鱼才会死于非命
秋天里那片色彩爆裂的格桑花,才会用饥饿的花香

迷倒一只蝴蝶、两个女子、三匹野狼

都是因为这谎言
我把珍珠变成了沙子,眼泪铸成了斧头
我把自己视为了仇人,日子当作了大麻

## 玫瑰之约

你这月亮酿的酒

喝醉了我就不会失眠

你这大海甜甜的梦

永恒掉进去,便回到了婴儿的摇篮

你这猛兽,让我成为一只惊慌的小鹿

你这鹰隼,把我变作一只软弱的兔子

我要用奔跑

诱惑出你体内的热血和锋芒

喂饱你的不安与躁动

如果,我倒下

也必定以一棵树的方式

再次从自己的遗骸里长出来

以旺盛的枝叶和风雨雷电的语言

再次和曾经的玫瑰邂逅

# 身体里有一个花园

花香和蝴蝶一样
轻轻地颤动着翅膀
静静地打开半开半合的一封情书

身体里有一个花园
花香和燕子一样
萦绕在小屋里不肯离去
和寺院的老钟一样
敲醒沉睡的白云
飘向远方
钩起一把马头琴
在肉眼的荒芜里
有始无终地奔跑

身体里有一个花园
她就站在腐朽的泥巴上

独自对着夜色和日头

绽放出一朵朵花

一片片白云与一只只飞鸟

不经意间呈现出美

## 把思想装在旅行的袋子里

当我翻过唐古拉山,他也跟着
当我遭受严寒或者暴晒
他也跟着
当我来到广阔的沙漠上
看到骆驼、牛羊以及稀疏的牧草
都张大嘴巴,呼唤眼泪和湖水
他也跟着大声地呼叫
当我来到花圃赏花的时候
他也跟着开了
开出了香水的味道
当我来到成熟的果园
他便跳上了枝头,结出红色的苹果
他就这样跟着我的善良、慈悲与痛苦
但我一直控制着他,不让他靠近
撒旦的后裔

# 我的胡子

那是一片非比寻常的野草
那里经常有野兔和狐狸,地鼠与山鸡的光顾
月亮喝醉的时候,曾在那里吐出过一块金币
一个不可知晓的秘密

那是一支能勾勒大风的毛笔
一瓶能涂抹白纸的墨水
那是一道倒挂的飞瀑,金丝和银线
它们每一根都有拨弄一场东风的技艺

我乘风打马而过
我的马鬃荡起雄风,跑得飞快
我的一缕缕春秋一丝丝沧桑
卷起天边的飞雪与远处的尘埃

## 时间的虚无

允许我是一只草丛里生存的野兔
允许时光是鹰隼张开的利爪
允许它们面对着我再凶狠一点
我不会跑走,也不想躲开
原本就知道自己累赘的肉体
以及小心眼与坏脾气
风是能够吹走的,雨也是可以浇灭的
只是时间不容分说,在我的体内种上了谷物
它一心要收获它的金黄,我执意要结束它的轮回
就这样,我成了它的虚无
它成了我的落日

## 就让我化身万世的浮云

我将穿行在无边的苦难中
去找我命运中飞逝的那一只海燕
我将跋涉在遥远的沙漠里
去寻找我妄想中收获的一粒金子
我将把风雨当作我的奔马与醇酒
我必将狂奔,醉卧在远方

就让我丢弃沉重的形骸
就让我栖居在一粒种子的壳里
就让我寄生在一只山雀的歌中
就让我在那里重获乡下的野草

就让那岁月门楣上清脆的风铃
唤醒原野上痴情的野花
那将是我灵魂纯净的手掌
托起头顶上一小片深蓝的启示

就让我栖居在鹰隼的双翼上
经历高山与大漠的禁锢和梦想
就让我再次放开草原上飞奔的马蹄
就让我再次推动海面上激情的波浪
就让它们的雄心
从此，成为我的江山


就让我化身万世的浮云

## 我穿着一身风

我穿了一身超薄的衣服
一缕赤裸的光,转身
晃动在长安街上
我信步走出自己的肉体
开始飞了起来
在高处,那种巨大的空
把我整个吞没
此刻,一种蔓延着的羞赧成了野性的风
穿过广大的林荫
吹开一地摇动的光影

我穿了一身超薄的衣服
比皮肤、面膜、人情更薄
能透视出我血淋淋的内脏
肠道里一粒一粒的五谷
一句一句的谎话

一个一个的夜
但它们都在痛苦挣扎
被时间的罂粟和毒蛇死死缠绕着
已说不出一句话来

我感觉什么也没有穿
不顾一切地从天空飞过
我那一闪而过的影子
就连自己也不相信
那是终极的归宿

## 我的身体里有两匹马

我的身体里有两匹马
穿过草地与河流
四蹄如飞一样奔跑
它们都有各自的理想:
一匹要做诗人,一匹甘愿成为囚徒
我只能化身成草,喂饱明天
可惜,我的马匹
一匹在幻想中微笑着逝去
一匹在牢笼中豪迈地醉倒

## 我有一万只在人间的眼睛

我有一万只在人间的眼睛
一万颗在天上的星星
它们都是次第凋零的粉红色的桃花
徒留我这片枯焦的荒野
在人间不甘沉沦,继续用
野花的香粉和蜜酒
制造骗局,领受光的摧残与恩赐

我有一万只在人间的眼睛
一万颗在天上的星星
它们都是落花,还给无心的时间
唯有我荒野上的蛇还活着
潜藏在地下的深洞中,蓄势待发
具有吞象的雄心

我有一万只在人间的眼睛

一万颗在天上的星星

它们纷纷从秋天的树上落下

红的宝石，黄的金子

只剩下我冰冷的荒野

和荒野上一些阴郁的蛇

它们是人与上帝第一次决裂的挑拨者

它们没有骨，也能够直立行走

它们不吃不喝，也能长久地存在

它们是大自然孤独神秘的诗人

## 我有三个理想

不知道为什么会这样
我总是无比浮躁与犹豫
当我翻看波德莱尔的诗篇
还没看两页就不由得放在一边
接着又捧起托尔斯泰的小说
读了不过十几页又赶紧放下
跑到我的菜园里给白菜捉虫、西红柿浇水
总之,所有的事我一件还没做好
就开始厌倦了,就觉得一切事物
毫无意义可言,只是时间诱惑着人
走向它绝对的又极具讽刺的圈套
于是我就开始渴望古老的涅槃
当我静坐着不思不动的时刻
我的禾苗中就又长出一些杂草
其时,我就开始怀疑自己
大约是一个长有三头六臂的怪人

在这个怪人的三个脑袋中
一个要做诗人,一个要做小说家,一个要做农夫
他们各自为政,却又抽丝连筋
致使我的身体疲惫,情绪懊恼
在此,我确信每个人的躯体中
都有几个想法不同的人
他们无名无姓,可整天都在谋划
干一些打破常规的事

## 我就是我的马

我用我任性的鞭子
抽打着我孤独的四蹄
我向往在辽阔的草原奔跑
祈盼一朵格桑花深情的拥抱

我点燃我的风暴与火山
狂奔着飞向兽类出没的丛林
我要冲进时间更深的陷阱
拯救让我致命的叫作格桑花的新娘
我要对着她大声地呼喊
唤回所有的冷雨和被它扑落的花蕊
唤回她肠子里遗落的那场大雪

我要煮酒入喉
喝尽烈日西风,春潮秋露
喝尽她给予我的毒和蜜

喝尽这古老海水赏赐我的诅咒
我必将胜利回归,怀抱落日和游鱼
回到一截木头里洗心革面
重新做人或变草

## 我是牧人

我放牧我的影子
饥饿的羊群和它们眼中的失落
我放牧野草怀里枯萎的季节
放牧饥饿的云,云中的雪
雪中飘落的粒粒沧桑
我是一个一无所有的牧人
没有牧歌也没有牧鞭
我只放牧熄灭的焰火和烟花
我的一生只追求一朵宿命中的格桑花
相信她说出的七句预言
每一句都闪烁着银光
和灰烬拥吻
每一句都是一把刀子
割开我冰冻的血管
但是我原谅她,原谅尘世和自己
原谅父母是我眼中的高山

原谅我是一场大雪

纷纷融化在儿女的眼里

## 一只黑山羊在飞

在它轻捷的四蹄之下,悬崖和山谷
以及一棵泛黄了的小草
都长出了风和鹰的翅膀
随心所愿地跳跃和飞奔

一只和夜晚一起静下来的黑山羊
开始了对运命的反刍
它整齐的牙齿上,风雨和寒雪在拉扯
昼和夜的泡沫在耳语
面包和牛奶的碎屑在静静地回味
以往云淡风轻的日子

一只胡须与毛发上
经常沾着草屑和灰尘的黑山羊
它心中堆积如山的枯草在飞
一把白光闪闪的刀子在飞

只有黑夜沉默不语

保持着石头般笃定的品格

## 我想回到山上

山上的月亮在缺,玫瑰在枯
鸟声在悲,树叶在落
家猫也无奈地沦落成了野猫
就连院落里横卧的灰尘都十分老了
风怎么用力都扶不起它们过分衰老的心

我想回到山上
在城里,到处有人
在人多的地方鬼也变得多了起来
它们就站在人的影子后面
说使人高兴的话,做自己满意的事
我正小心地走过它们中间
如一只羊穿过生死的边缘
穿过梦一样遥远又寸草不生的沙漠
穿过白纸一样纯白又十分耀眼的困惑
以及迷雾中的迷雾,莽苍中的莽苍

我更想回到山上
过着爱花爱草爱一只蚂蚁的日子
间歇,也将轻抚一粒落寞的尘埃
让它们过得幸福一些或开心一些

我想回到山上
那里的一点萤火就能点亮整个星空
一声虫鸣就会叫醒所有的季节
在那里,我将是一棵
大喊大叫撕破大风的山毛榉

## 站在秋天之外

仓内的谷子
在深夜里窃窃私语
每一粒都等着救赎一个灵魂
朝南的大雁,背着秋风
羽翼吹落一树叶子
我张开了怀,接住所有的风
这秋风高啊!被雁带向更高的天空
大雁消失的尽头,天空落入虚无的眼睛
此时,秋风下沉,割裂我失声的胸膛
我腹内的时光染白了头顶
高原与远方

我的旅途是一场雪
落白我的灵魂
落白我的江山

我的足迹如雪，一夜过后便会消融
请不要顺河打探我的行踪
我是尘埃怀念的土地
我是青草拥抱的兄弟……

## 站在星空下

天上有那么多的星星在闪烁
那么多没有母亲的孤儿在哭
那么多失去孩子的胡狼在叫
那么多在夜里渴望的眼
都闪亮着灯火的伤口
那么多啼叫的杜鹃,在倾吐口中的血水
那么多祖先的灵火,在对着黑夜倾诉秘密

那么多的星星,熄灭了
远行的灯塔,忘却了流星的叮嘱
只有我表情木然,沉默无语

站在星空下
星星是明亮的,我的骨头是明亮的
时间一秒一秒嘀嗒的声音是明亮的,我的梦也是
　明亮的

包括一面被它打碎了的镜子
它碎裂在天幕上的水晶是明亮的
比所有的星星更加具有另类的光芒

## 风也不知道虚无的踪迹

和一块礁石坐在河岸
我开始等待
在我的体内降临一场寒霜
或枯萎一片梦境

和一块礁石坐在河岸
我们都不与自己说话
不与河水对视
也不理睬挑逗的风
吹起了纷扰的空气

和一块礁石坐在河岸
天就黑了
我痛恨轻薄的星星
把它们一颗一颗捏在手心
像扔石子一样,扔在河里

也仇视银河上的浮云
把它们紧紧攥在手里
攥出一块块坚冰

我自暴自弃
我是黑夜手里捏着的一根羊毛
风也不知道虚无的踪迹

## 忽然看不见自己

我忽然看不见花开
看不见叶落

我忽然一丝不挂
又变回初生的婴儿

我忽然看见风不会吹
树不会摇,水不会流
一切不生不长
像古老陈旧的摆设

我忽然看不见群山沟壑
看不见湖泊河流
我什么也看不见了
世界除了漆黑还是漆黑
连一根白的毛发都找不到了

## 梦中的男人

他梦见洪水四处咆哮着
冲向了远处慌乱的河谷
体内的野兽也挣脱出铁笼
跑向了圣洁裸体的女神

梦中的男人进入了柔滑深水
变成了一张悸动后漂浮的兽皮

这梦中的男人
也看到了解冻的南极与北极
以及珠穆朗玛峰顶即刻消融的白雪
他还看到了污水在大地上肆虐漫延
天忽然变得只有一掌大了
且掌上只有几颗化为枣核的星子
表面沾了些许黑乎乎的污渍

## 会飞的蔬菜

在辽阔的大地上
种上爱情,种上云朵
种上寂寞和万古的愁
成熟了我也不去收割
任她们自由地离开

天黑黑,地黄黄
我独自守在我的田边
等风雨吹,等流星落,等我的黑发变白
我就和你一起飞向
白云也不知道的地方

## 我不一定要你来读我的诗歌

风会把沉睡的石头叫醒
荒原会唤回枯萎的花朵
我不一定要你来读我的诗歌
黑夜自会把星星领回来
羊群也会赶着牧人和黄昏
自动走回来,羊儿必然会将
吃进胃里的日光反刍给
夜晚这只瞎眼的羔羊

# 一封邮件

我只是投递给我自己的一封邮件
我要寄给我一场绿色和红色的雪
让它们用颂歌诅咒我、抽打我
我要寄给我一些贪婪与羞愧的行为
让它们谴责我、诋毁我,我还要寄给我
两根居心不良的金条,让它们
出卖我,把我当作猪狗和牛马

我的邮件里
明月是一个漏风漏雨的老屋
是 只乌鸦遗落在荒草间
是一副死不瞑目的白骨
只有河流不知去往了哪里
而你和我终年所要寻找的爱情
也被沧海的风抹平了所有的痕迹

## 垂　钓

我要去垂钓一条小溪
来洗涤我黑的情愫黑的思维
我的鱼钩是半弯月亮做的
我要去垂钓春潮秋露与一个花圃
垂钓一朵玫瑰乳房上跳跃的篝火
与它吐出的一口灰沫
我还要垂钓那些高明的脑袋
惊讶它们用简陋低矮的鸟笼
发明了崭新摩天的囚室
我将始终保持优雅的垂钓姿势
在精致的钓钩上摘取鲜美的花朵和果实
以及酸甜和苦辣的味道

我还将垂钓那些王的臣民
去赞颂他的丰腴之词
其实，我仅仅是一个垂钓草木的孩子
大自然飘香的野花
是我所要垂钓的最美的真理

# 出　卖

我出卖火
出卖火中的光波
出卖流星一闪的寂然

我出卖眼睛
出卖它里面放养的大海、豹子
河流和石头

我出卖命运
出卖一场从生到死的大雪

# 每一日都是闪耀挺立的花苞

我爱它爱得头晕,时刻
眼里包含着它,手里紧握着它
生怕一不留神它就化成了空气

每一日,我用浑身一千万个细胞更替的速度
和饱蘸着血的一笔一画
刻画着它高脚玻璃酒杯一样易碎的美
只是春风不小心打烂了云的镜子
雨一丝一丝落下来,桃花也跟着一瓣一瓣离去
我的皮肤也一层一层地脱落
好在我还保留着一副不屈的白骨
整日携手富足的月光在坚强地行走

每一日,我都是我的凯歌
是拼死挣扎之后的一个不想停顿的休止符

## 回家的火车

一只跑过了平川的猫
又轻捷地穿过了几个山底的黑洞
在它一节一节的肠子里
一群感到窒息的老鼠,各怀心事
它们或行或走,或卧或坐

临近站台了
老鼠们都乘机走向了出口
只剩下这只饥饿的猫
一直在张望着自己空荡荡的腹部
企图找到一丝温暖的空气
只是一切都画上了句号

## 再坐在高高的山上

再坐在高高的山上
我独自口吐白云
吐出村庄的打麦场上一个个错落有致的麦秸垛
吐出我内心深处一种纯粹的喜爱
把大地装饰成我想要的房子
花园和稻田

再坐在高高的山上
北风一直都在呼叫
我前世白发依旧的爱人
只是山河无语,孤独比她垂腰的长发更长更细
模糊了夜色一样幽暗的地平线

再坐在高高的山上
我看到蜗牛背着它的房子在飞
风背着云在飞,云驮着天在飞

我背着村庄的一个
反刍日月的石磨盘在飞
身后,人间一片苍茫

## 站在地平线上

我站在地平线上
口中吹出西伯利亚的寒流
天山上，大雪开始纷飞
把所有的雪花种在眼里
在春天的大地上等待着花开

我站在地平线上
看漫天的雪花慢慢靠近灰暗的群山
期待黎明之时，梦中的花朵牵手蝴蝶
把沉睡的石头轻轻叫醒
而我的女伴身穿婚纱走进火焰
幸福身中暗器
天堂里，听到汗水永恒的歌唱

站在地平线上，我是雾
但是比雾更加没有方向

请来一阵风吧!

把往事吹走,把雾吹散……

第二辑

**家传的民歌**

## 想你是一个无底深洞

想你,就有一群群鱼游走,一只只鸟飞去
就有一朵朵花开败,一湾湾河水流走
就有细雨霏霏,雪花飘飘
就有一匹孤狼站在沙漠的月牙上
泣哭着北风

想你是一个无底深洞
我把喜马拉雅山一点一点地给你搬进去
把呼伦贝尔大草原一寸一寸地为你移过去
把太平洋一瓢一瓢地为你舀进去
可它们都不见了踪影

想你,我建了一个私人博物馆
馆藏中有你全部的微笑与化石

## 从唐朝飞来的日子

我曾亲眼见到从唐朝飞来的日子
手捧着一只陶罐缓缓而来
明媚的眼神清波旖旎
不知销蚀掉多少生铁一样固执的事物

时间是一只永不会落下的来自唐朝的飞鸟
一块石头,一具千年的骷髅
也都与它在一起飞行
大地在它们飞行的途中
呈现出古老隽永的意象

从唐朝飞来的日子和鸟
我已铺陈开行云流水的纸张
用风的笔尖写一封情书
捎给我古代采桑织月的妻子
我必将收到雨的动人回音

我必将得到河的委婉音讯
我必将见到一条鱼从梦里游来

从唐朝回来的日子
已在泥土深处泪流满面
花儿也在梦里松开了紧闭的纽扣
五颜六色的小乳头在枝上微颤
轻轻蠕动了一下,又蠕动了一下
春风的初心就动了一下又动了一下
他燃烧的唇,把她吻了一遍又一遍
这唐朝回来的日子
比出嫁的新娘更加让人魂不守舍

## 时间,我能给你什么

除了美的泡沫之外
历史只留下了凝固的炮灰
爱情也大多是糖果对糖果许下的诺言
只要含在口里就消失得踪影全无

除了我们的挽歌
野草和尘埃始终是真正的王者
没有谁可以替代

# 射出枪口的时间

一颗上膛的子弹从暗处射出来
被击中的放牧光影的牧马人
脸上突现沉沦的高原
他疲惫地倒在了逝者的光环下
证明自己就是悲壮的英雄

一个魔鬼枪手百发百中
倒下的时间冤魂不散
在泥土之中抽丝吐蕊
重又找回生者的卑躬屈膝

一个异想天开的诗人用几只明亮的流萤
缝补他泣血的诗句,暗伤残留在
一只夜鸟发烫的伤口,等待愈合的日子
已被装在钟摆上的枪膛及时射出
被击中的事件躺在尘封的博物馆里
呻吟不止

## 时间纷纷落水

大雁羽翼上张开的风暴
击落枝头成熟的云彩
时间纷纷落水
有鱼跳上河岸
在陆地上游来游去
寻找生存的箴言
而真理如草
叶子枯了
根活着

## 早起的鸟儿

它一边飞,一边寻觅自然界的恩赐
天有些暗,山上的树林里有雾
高速干道上没有一辆车
路在路上昏睡无语,胃在胃里敲响了大鼓
它无奈地落在了一根树枝上
眼里堆满了时间丢下的废墟
哦!世界休克了
连一只虫子的脉搏也停止了跳动

## 起风了

风把村庄和山头
吹得飘了起来
把我和我的兄妹
吹进了没有庄稼没有树木的地方
把我家的狗我家的猫
以及小河里的鱼
吹得无踪无影不知去向

起风了
风吹折了父亲的脊梁
将母亲吹进了黄土
把我的皱纹吹深,发丝吹白
把乡下的童年、鸟鸣、蝴蝶
都吹成了我的掌纹

起风了

风把时间、白云和人潮
都吹成了水
吹成远方浪花的独白

起风了
风把我的胸膛吹开
我看见我肠道里那些有毒的五谷
像蛇一样来回蠕动
向我索要善良和真理
以及花朵一样轻之又轻的温柔

起风了
风吹裂了我的每一根骨头
吹灭了一个着火的嘴唇
北方的寒气阻断了所有河流与鱼的消息
只有我埋藏在蜗牛壳子里的爱情
还保留着远古的传统之美
只有一只北冰洋上的熊还在独自向远方呼唤
只有天空中小小的脆弱的蝴蝶
和带血的誓言一起凋零
而大地——缪斯女神的花园

有人用镶金的石头把它改建成居住的乐园
但我确信它里面的每一块石头
都有各自不同的想法
都和天外之人有着不可说的秘密

## 中年以来

中年以来，我身体中的树叶
黄的黄，落的落
感觉刮来的风和我呼吸的空气
也成了黄的
包括我的睡梦、诗句也都是黄的

中年以来，我的肠胃里
五谷善良的毒开始发作
逼迫面色发黄的我
向着古老的大海
高声呐喊，唤回那些走失的波涛
让它们回到我还有一丝余温的怀里

中年以来，我身体中的枝干
一节一节枯朽
像一个倒塌的王国

和他出走的鱼鸟

寂静地回落到一只收藏雨水的陶罐

## 在速朽的人间

月光不断暗淡,最终枯萎
缄默的蜘蛛守在黑暗的一隅
打捞沉沦下去的命运
一颗觉醒的小麦开始忏悔
默默地诅咒藏在内里的恶念
一粒雪白的稻米站在灶膛的面前
吐出了小兽不善的獠牙

在速朽的人间,玫瑰不断死去
转世成带刀的兵马
从此,地球村里鸡飞蛋打
天空的烈日之火直线上升
加大了炙烤夏日的筹码
我正在赤露着双脚双臂
妄想变作夸父
在太阳的表面置放一大块冰

## 在寂静的夜里

我的血液中,总有
一滴不安分的想法溜出来
想靠近黑夜诱惑的乳房
他不怕所有的秘密
被星星知道,被夜鸟嘲笑

如此的夜晚,总有
一只狼跑出来
孤独地呼唤前世的月亮
总有一条蛇慢慢爬出来
死死缠住欲望柔软的肢体

寂静的夜里
我的身体中
闪电熄灭,火花落尽
那些风透明的薄膜到处碎裂

像被一场大雪堆满了的饥饿童年

在这比黑布还要黑的夜里
黑暗抓不住黑暗
也抓不住一棵
孤独滑落深渊的血红色的蒲公英

## 逝去的是天籁

风在逝去,云在逝去,水在逝去
花在逝去,果在逝去
所有新生与成熟的事物
都在逝去
五谷、牲畜、人
都在一天天逝去

雪花漫天和花儿遍地
有着双重的意蕴
成熟和收获都饱含天意
这一切,都逝去吧!
逝去是自然的杰作
是对土地衷心的赞美
和对青草赤诚的祝福

逝去吧!发黄的树叶和变老的季节

汹涌的浪潮与翻滚的风云
用你们的宽宏胸襟带走所有的善恶

逝去吧！像花开一样缓慢疼痛
像花落一样死寂无声

逝去吧！把受难的呻吟
当作家传的民歌
唱到生命的尽头
就是对土地最虔诚的报答

逝去吧！只有永恒逝去的节奏
才是事物回归原始的韵律

第三辑

## 那只被时光合住眼睛的蝴蝶

# 送 花

母亲节

我给她买了一束鲜花

她不说话,我也不说话

那堆土也不说话

我知道这些花

马上就会枯萎

之后,还会被风吹得无影无踪

我也知道,这个送花的人

只是一厢情愿

之后,他也会被另外一些花送走

送到一个花也不知道的地方

母亲节

我给她买了一束鲜花

她不说话,我也不说话

那堆土也不说话

只有我知道,我是一个装模作样
又极不孝顺的孩子
也是一个买花祭奠自己的人

# 母 亲

## 一

我手推着板车,把母亲从坟地接回了家
她一言不发
身上还是穿着那套碎花布衣

醒来时,房间里空空荡荡
窗外,枣树在风中发出细碎的音声
像是母亲小声的呢喃
使我的心头微颤
抬脚走出家门
院子里的石碾子在沉默
天上的云一动不动
我想喊一声妈
未出声,泪水已奔涌

## 二

小时候,整个村子缺少口粮
高山上的风和狼都是饥饿的
河岸上的石头,河沟里的青蛙
也是饥饿的
它们的肠胃里五谷的颗粒在高声呐喊
那时候,母亲没有乳汁
七个儿女是她用血掺着汗水喂大的

年老的母亲殁于多年的糖尿病
母亲啊!你的来世是盐上开出的花朵
如今,这时代只属于融化在口中的糖果

## 三

夏天葱茏的绿
被池塘边的一群青蛙大声揉捏
把我的心掏空
空得像掉在池塘中的那弯瘦月
耳朵里总是响起那台老纺车的歌唱

我童年的面包就高挂在盛满童话的篮子里
母亲用野菜、糠皮和童谣将我养大

被这时光的苦刑执意带去的母亲啊!
我的思念是这池塘里的深水
泪水落下来就成为池塘中的飞鱼
它们都是最懂事的
一定会被鱼钩上的饵钓走

## 四

这白昼,这黑夜,伤害了我
它们带走了母亲
带走了我的暖阳,我的梦

人间的哀乐我拒绝听
它里面有一大堆毒虫
咬伤了云,雨止不住地下

母亲的新家就安在村口的那块田埂上
她没有窗户的房顶似一道火辣辣的目光

照看着四周的果园和麦田
照看着儿孙和脚下的远方

母亲啊！今夜是否安然入睡？
不眠的虫鸣又搅痛了星星的瞳孔
它们在草叶上挂满了露珠
难道也是失去了巢和亲娘？

## 五

母亲走后
我在院子的西边墙角
遇见一条白色的蛇
它和我相视，不舍离开
那时，我就觉得是母亲一转身回来了
我祷告："人世就是苦海，你赶紧走吧"
白色的月光转身就消失在草丛里

母爱是条弯曲的河流
它在幽暗处打通了我的经络
被天空丢弃的月亮

用血色的失眠,踌躇在这幽深的河流
它也是只再也找不到上游的蝌蚪

## 六

母亲,我是你的土地与河流
庄稼与粮食,花儿与果子,浪花与鱼
也都是你的
你的七十九个春天里
有七十九座山,七十九条河
七十九只布谷,七十九头牛
它们是我身体里的骨骼、热血和民歌

我手推着板车,把母亲送回了家
她一言不发
身上还是穿着那套碎花布衣
我坚信她活着
和痛苦一起活着
就在这条山道上

## 抽出了父亲脸上的蛛丝

抽出了父亲脸上的蛛丝
春天我只看到落花流水
夏天我只抚摸被雷电烧伤的老树
秋天我独爱黄叶枯草
冬天我只喜欢和一场棉花般的雪轻声对话

抽出了父亲脸上的蛛丝
村庄的后山上就多了一个新的土堆
夜空中就增加了一颗闪亮的星星
只是在老屋积满灰尘的房檐下
落日和弯月一直挂在那儿
像一顶陈旧的草帽和一把生锈的镰刀
在怀念那个勤劳少言的人

## 我的妻子说

她一个人指手画脚说话的时候
卧在床头的猫眯起眼睛睡着了
阳台上的喇叭花次第都打开了
我不知道她说了些什么
只看见窗外一棵柳树上
两只喜鹊叽叽喳喳叫了一阵飞走了

## 我儿子的眼里

他的全部依赖就是我的妻子
假设她不在家里,他看向我的眼神
就如同看着一座坍塌的教堂
这时,他就会觉得春色与花朵都在别处
厨房里面包和牛奶也正好没有了
他应该马上离开

## 许　愿

我向星辰许了个愿
它一闪就不见了
我向桃花多看了一眼
它瞬间就枯萎了
我对着石头闭目膜拜
它说：爱你到永远

## 一个神人来到了山上

爱上了一只飞入森林的鸟
从此我们就没有了应有的交谈
爱上了一轮沉入大海的落日
从此,我站在岸边,陷入漫长的等候
爱上了一片迷茫的星空
却困在原地,没有办法把真心的话说给她听
爱上了一只背着棺材生活的蜗牛
却看见她整天只忙着搭理自己的死亡

只是在春天总爱妒忌油菜花怒放出的金黄
在深秋总恨着那颗苹果有一脸的彩霞
只是在闲暇时,总喜欢一个人坐在高高的山上
与一块山顶上的白云
漂泊在没有爱情没有面包的天空
没有前世没有来世的苍穹
也总喜欢和山顶上那棵苍老的杜梨树说话
总相信他就是一个神人来到了山上

# 樱 花

这一句一句嵌入骨头里的诗

请不要停下

时光的耳语和呢喃

这一树一树点亮春天的灯盏

请不要熄灭

流星的火花与光斑

其实,在这喧嚣的城市里

我不想让她开和落

不想让太多低俗的手蹂躏她的芳容

如果允许

我要亲手把她移植到老家的院落及后山

在那里,歌唱和微笑都是朴素的

在那里,她只陪着唤我乳名的人儿

# 灰姑娘

她有灰树枝和灰布一样的气息
以及阴云下灰鸟般飞行的影子

当她走起路来,路上就有坎坷
路的前方就有雾气笼罩
当她垂下她的眼皮
世界就全部装在了她的黑口袋里

当她在夜里独守空房的时候
窗前的月光加速离开
窗口夜莺的鸣叫一声比一声凄楚
使她独自落下的眼泪也变得黏稠
她就是我要命的灰喜鹊

她有灰褐色的裙子、项链、口红与手镯
有内在纠结的东风、南风、西风与北风

她也有灰褐色的曲谱与音符，沉思与遐想
大海、江河、小溪与血液

她有时就居住在遥远的夜空
喜欢一个人对着夜色倾倒
比水里的鱼还要多的恩怨

她在人间并不存在
在天上也只是个幻影

## 逝去的蝴蝶

那只花一样被时光掠走色彩的蝴蝶
在那个夏天不舍地飞走了
丢下夜空无数稚嫩的眼
不停地扑扇着难眠的睫毛

那只花一样被时光合住眼睛的蝴蝶
在那个夏天是一道惊雷霹雳的闪电
划伤了潮湿的空气
雨就下在一个人的眼睛里
硬生生地让两条小溪
担当了两个悲剧的主角

## 落单的夜莺

天地之间,只有一只落单的夜莺
赞美来自黑夜内部的安宁
歌唱月亮在树梢上搭建的黄色的窝巢
信仰与追随它们荒诞虚无的
蝴蝶恋花般的情爱

天地之间,它不止一次思考
活着与吃虫还有什么意义
难道一束小小的萤火
也能喂饱夏夜黑洞洞的嘴巴
也能够对短暂的存在
进行唯物主义的解构

天地之间,只有一只落单的夜莺
它没完没了地唠叨,加深了夜的黏稠度
提高了叙事者被麻醉与呕吐的概率
增加了一条河流受污染的超标值和它对痛苦的承受力

## 一场雪走了

一场雪走了整整四年了
村庄的老房子以及它头顶上的太阳也跟着坍塌了
偶尔,我会回到那个旧时的院落
尘埃已经锁住了屋门和进入的脚步

一场和自己赛跑的雪就这样走了
她喂的猪、牛、羊、鸡、狗、猫都跟着走了
走出我清晰的记忆又回到我逼真的回忆

一场雪走了又来,在季节中重新打开尘世的菩萨
在一块石头里,一支香火中
又刻意地活回来
她撩开我眼里近乎枯竭的雨滴
进行深入的独白与启示

一场反复燃烧的大雪

烧开了庙堂铜铸的菩萨的慈悲
和她脸上乍现的祥云与花朵
使我再次见到母亲复活的面容上
堆满了岁月与灰尘的笑意
她还是那样脚踩着高原，身披着云霓
她还是那样用个体的苦难消弭着无边的日月
她还是那样用心疼的眼神对我说出抚慰的话
她还是那样让我的眼里禁不住落下了一块一块的石头

她还是那样慢，那样水深流缓
我已感觉到她温热的呼吸
正在把巨大的宇宙融化成一堆软绵绵的棉花
并不断向远方延伸、扩散，使偌大的自然
从此因为多情变得无语、空旷与遥远

## 古老的爱人

在她的眼里
我发现受伤的海浪
和绝望的火焰
我会把它们一点一点珍藏起来
制作成精美的标本

在她的眼里
秋雨下不完,白雪落不尽
落日血淋淋,黄河恨绵绵

古老的爱人是一口井
我是一只掉进去难以逃脱的灰鸭
嘎嘎的叫声震碎了云厚厚的心脏
雪便在天上倒出了所有的真相

古老的爱人是我绝对欲望的陷阱

只要她活着，我就具有不死的妄想
我与她之间相爱的仇怨不断加深堆积
像一个高高的草垛，需要一根火柴
过分的亲吻，才能烧尽对方过旺的肝火
度完我俩落尘般平凡的余生

第四辑

## 会唱歌的颜色

## 戈壁上的房子

二月,大风把蒲公英
吹到戈壁绝望的房子上
把我可爱的新娘也截留在梦中的孤岛
使迎亲的队伍与唢呐手都找不到她的住处

二月,我和我唯一的新娘还没有见面
风中的鬼魂就偷走了我们各自的心
那好大的风里,有好多看不见的恶鬼
它们每天都在人群、微信、电视中任意跑出来
制造恐慌和不幸

二月,贪欲的爱神
把病毒撒向了纯洁的百合
爱就成了一场持久戏谑的酷刑
天使与英雄在灰烬中奋力出击
双手不断地把春风、花朵和亲情

托举向灿烂的明日

二月，天使与英雄的二月
也是老鳖与刺猬的二月
它们分别隐藏在自己的硬壳内与尖刺中
让任何猛兽都奈何不了

二月，属于黑猫警察的二月
所有庚子年的老鼠都被戴上脚镣
等待新的审判与裁决

二月，被困在戈壁上绝望房子中的二月
和它里面所有滞留的蒲公英的二月
必将会在三月被大风吹到
绿色的田野和牧马人的草场

# 火的精灵抱着柴的腰身舞蹈

一

在山连着山的黄土高坡
红色的山丹丹花儿,以鲜艳的梦幻
一次次撩开大地内部玫瑰般妖娆的火焰
以及火焰中滚烫的情话
于是,光和电交相辉映
把壮丽的山河抒写得更加唯美

在山连着山的黄土高坡
红色的山丹丹花儿身姿优美,聪慧卓绝
她们伸手就摘到了星星,下河就捉到了鱼儿
她们火焰般的嘴唇上沾满了黑夜
黑夜般的眼眸里又放出了无数的星灯
她们就像火的精灵抱着柴的腰身舞蹈
就像现实抱着美梦翩跹

## 二

在山连着山的黄土高坡
红色的山丹丹花儿美丽勤劳
她们在汗珠里找到了光的使者和母亲
百年以来,她们一直在太阳上勘探
在月亮上深挖
获取的宝物闪耀着向四周延伸的金光
把一个新的时代点缀得更加春光迷人

在山连着山的黄土高坡
红色的山丹丹花儿任劳任怨
她们把头深深埋在高天里、厚土中
她们在找珍珠找童话,找自我找理想
找孤独的静美和光芒

在山连着山的黄土高坡
红色的山丹丹花儿笑口常开
她们把倩影和梦舞动在日月之上
舞动在新百年的石油梦想之中
舞动在父老乡亲甜蜜的心尖尖之上

## 会唱歌的颜色

### 一

三月,深沉的黑色在歌唱
歌声中,红色打开了流血的伤口
灰色点燃它祈祷的缕缕香火

三月,所有的颜色都在歌唱
"大地之上,坚固的雾霭的痛苦"

### 二

三月,蓝色和绿色在唱歌
红色和黄色,白色与黑色
就连那刚刚解冻的浑浊的河流也在唱歌

在三月的合欢中,黑色是暴力的主唱

它用火花的灰烬发出撕裂的嗓音
幻化出绝望的深渊

三月，黑色是欲望生下的儿子
他把父亲的牛用刀砍了
没流下一滴血
他把国王的臣民用刀子捅了
没留下一个伤口
唯有这暗伤在人的舌尖上绕着弯子
却不敢走漏半点风声

## 三

三月，一个人坐在家里
把四大洋倒进一壶白色的高粱酒里
喝醉的七大洲，是七只挣扎在网中的鱼

## 四

三月，这只关在笼子里的云雀
自由的花朵在它的灰肚膛里不断死去

只有隐痛灰羽毛般还在身体上残留

## 五

就在三月,胃中吃进去的牛马
向我索要古老的农业
而粮食,早已属于拖拉机和农药

## 六

还是在这三月,雾从我的身体里跑出来
它是一个无法走出梦游的酒鬼
且对着自个儿在没日没夜没完没了地絮叨

## 七

依旧在这三月,我看到
曾经自以为是、唯我独大的人们
他们伟大光明的头顶
正闪现着永垂不朽的夜色

## 夜晚,母亲的摇篮在歌唱

摇篮像梦一样轻轻地摇
小溪般甜美婉转的歌声
从她的身边流向远处
我桀骜不驯的小马驹
我温驯良善的大青马
我的猫儿和狗儿
在她乳汁般的歌声里
都成了酣睡的小宝宝

夜晚,母亲的摇篮在歌唱
在她的歌声里,东风从海上吹了起来
雨水从天上走了下来
种子在泥土里发出了嫩芽
母牛怀上了它可爱的牛犊

夜晚,母亲的摇篮在歌唱

她低回婉转的曲子,让风儿听得停了脚步
让雨儿听得变轻了呼吸
就连整个黑夜也变成一个
乖巧的进入梦乡的好孩子

## 我想听牛马的歌唱

百灵鸟、画眉、鹦鹉、八哥
你们想方设法地唱吧!
唱出不可抵挡的诱惑和妩媚
把少男少女、孩子们的魂勾走吧!
如此的靡靡之音
让商纣王和妲己的白骨去听吧!
让一头行动迟缓的肥猪去听吧!
让一个臭气熏天的下水道去听吧!

我只想听牛马的歌唱
听它们卸下犁铧
一嗓子石破天惊的巨吼
听它们在走进光明的大门前
一声吼断一条大河的哀号
一声喊回一场暴雨的长嘶
我只想听牛马的歌唱

让它叫回古代烈士滚烫的血
和一个老族长祈雨求神的擂鼓吹号声
唤回麦浪上的金黄与稻谷里的香醇
唤回一个个朴素的神明
以草结庐,以草为引
点燃一个个烟火向上的图腾

## 在居家隔离的日子里

桃花把花瓣卖给了春风
刀子把自己卖给了歹徒
时间把自己关在了囚笼
我在微信群和朋友圈里
一回回打马而过
我的马儿多日来惊魂不定

一只困在笼子里的老鼠
整日围着茶几来回转圈
它希望明天
城市的喧哗照样被口罩与绿码约束
人们依然会在白天工作,晚上做爱
依然和妻子斗嘴,间或喝一壶小酒
私下里还想着发一笔横财
交往一个眼里有光的女友
着实把那凡人的日子活成神仙

也算人活在世上，难得糊涂

在居家隔离的日子里
桃花把花瓣卖给了春风
刀子把自己卖给了歹徒
我好像一根被绑架的木头
被过度的溺爱关在自由的门外

## 黑夜的歌谣

在月亮上打出井
在身体里酿出酒
我就不害怕,夜晚
饥饿的眼睛和牙齿

在异乡的大海中
挖到了冷冰冰的一丝阳光
却在老家我出生的土炕上
失去了双亲
而故乡依然是童年树杈上
那一窝嘴角嫩黄的星宿

眼泪是跌入悬崖的马
是银河掉落下来的石块

坐在黑夜黑葡萄般的汁液里

一点一点地被它融化是幸运的
就像吹笛子的猫头鹰
找到拉胡琴与唱长调的猫头鹰
一起奏响痛入骨髓的天籁是幸福的
就像月亮与嫦娥相互倾诉
如大海之深、海水之苦的爱恋
就像你心里有我，我心里有你
我俩站在幻想天平的两端
变成最美好的人儿

在静夜里，请叫出你身体里
也许陌生的灵魂
请端起这杯夜的葡萄蜜酿
互诉衷肠

## 满湖的星星在唱歌

满湖的星星在念独白
满湖的鱼儿在跳跃
一面柔软的镜子在舞蹈
一只天鹅满眼的柔情在涌动

满湖的星星在欢笑
像一个《诗经》里的妙龄女子
对着虚构的情郎
吐露天真的花香

## 站在夜空下,黑夜是我的佛祖

站在夜空下
我喝了一杯又一杯流星斟满的酒
由此,我想
"每一个星球都是一个有好酒的人"

每一个星球,都是一朵桃花
它们是那样轻轻地开又静静地落
却与蜜蜂、爱情、快乐和忧伤
不发生一点纠葛

站在夜空下
我在想,黑夜是佛祖
他温暖的大手把整个星空擦得贼亮
把所有疲劳悲苦的心
都用子宫般舒适的丝绵裹起来
但我不得不承认,我是一个坏的孩子

曾记得那晚,仅一巴掌下去
就把床头的月亮打回了乌云里
那时,我曾听见一颗星星对我说
"爱情只属于永恒的黑夜和酒"

## 落叶的絮语

在一片坠落的果叶里
我看见一道道闪电
正在向泥土深处游弋
我听到一片片飞雪在我的耳旁呢喃
桃花和布谷的名字
啊，这梦境般的声音
是时间把信笺寄给了多愁善感的春风
是夕阳俯身化作湖里的一群游鱼
它们都奔向了期待的彼岸
城市的霓虹，与车水马龙
呵！这一群离开故乡怀抱的小鸽子
只只都是穿梭在银河里的星子

今夜，请点亮夜空灿然的星灯
照亮这秋风回家的马蹄
重温高原深处，一盏

用泪水燃烧、孤独摇曳的灯
一盏弱不禁风快要熄灭的灯

## 火车在一节一节地吐

坐在六月的一节车厢里
我看到窗外成熟的麦子
把黄金高举过头顶
而我什么也给不了脚下的土地
我只有空空的肠子
和里面一些正在蠕动的黏液
只有被时间否定的果实
和一副虚假的肢体

火车在一节一节地吐
身体、时光一点一点地沦陷
在砾石与玻璃沉重的内部

火车在一节一节地吐
吐出我皮包骨头的乡愁
吐出远方的雾气和土灰色的太阳

## 把梦从四面八方叫回来

面对我注定荒芜的脚印
我依然是一场从高处吐露火花的狂雪
把自己把春风把绿色
把梦从四面八方叫回来

我的脚印必将踏入时间张开的豁口
注定荒芜成天边的野草
可我依然是从高处播撒火种的一场狂雪
把所有的死亡叫回我小树般的身体
把我倒塌的肉身埋葬在一座年轻的苹果园里
果树上就会结出数不清的朝霞

把善良的物种和人民
从黑洞洞的梦里叫回来
把自己把春风把绿色
把理想从四面八方叫回来

我要一直歌唱,像一条大河一样
唱出我胸膛深处的热泪和日出

## 一个灰暗的巨蛋在说话

在一个开口说话的巨蛋里
月亮是一个倒挂在某处
呼唤着魂魄回来的伤口
我驾驭着一个失去方向的意念
挣扎游移,企图找到一个意外的出口

一个灰暗的巨蛋在倾诉
一只裸奔的蚂蚁,一颗赤身的露珠
也在进行同样细微的阐述

孤绝的沉沦,是一把海风般绵软的刀子
在情感的深处独白
我所有的骨头都睁开了苍白的眼睛
像彗星一样,在肉身持久闪耀

我也在吐露,用我的脐血

为困惑我的海水,演奏
一朵又一朵死去活来的浪花
为这无边无际起伏的灰暗
唱落天上残存的星光,唱光海中澎湃的波涛

我要用坚硬的喙啄破这说话的巨蛋
将隐遁的身体
贴在祖先老去的陶土上
看下一个黎明,能否拯救这黑色的躯体
能否还原这原始的底色

# 和一支烟说话

我看到许多事
向上,一丝一丝化作雾霭
向下,已经成了人间香火
正一缕缕散去

和一支烟对话
大风把肉体与青铜吹成了黄土
太阳把远古与海水蒸发成雨水
菩萨在众花中诞生,在肉欲里死亡
那些从高处而来的雪
从古一直下到了今

## 盐巴对灰烬的歌唱

胜利的果实被风劫走
残败的树叶从高处落下一场感叹
一条孤寂的大河,把它滔滔的白酒
倒入群山空虚的胃里
我挤出骨骼中的盐巴
让所有的苦涩在大海的旋律中
唱出它发咸的喉音

## 这世上,神是不言的

把豹子养在眼里
养在少女水嫩裸露的皮肤上
晴好的江南
也只不过是一只被偷窥的母鹿

把闪电踏在脚下
把惊雷含在口中
我不下雨,我要看万物垂死挣扎

把城市安顿在祖先的一个雕花瓷瓶里
我要喂它石料、沙漠与火焰
我要听人们的魂魄哭天喊地

这世上,神是不言的
欠下的必须还

## 告上帝书

请带走我的肉体
但不准推倒我灵魂的地狱
那里,烈火是重塑我个性的法宝
是我为之倾倒的蜜酒与诗神

请毒蛇和饿鬼
吞噬掉我的四肢和胸腔
但唯一留下我的眼睛,我要
看清楚我有多少种欲望多少种罪
自由与光长着什么模样

请用那一枚遗弃的月亮为我相送,我要
去喂养地狱深海中受难的鱼虾,我要
它们的腹中都有一盏明灯
闪现在雾霭缠绕的下一个出口

请继续给我地狱
我要在其中抛下丑陋的内幕
像一道光从高处而去

第五辑

# 一只嘴上挂着水瓶的老鸹

# 火

穿着黑裙子露出白大腿的火
红头发黑眼睛的火
乳头上溢出乳汁的火
在大地内部、森林、草原中奔跑的火
是我的骨骼与个性,哭声与笑声
有时也是大海的咆哮与怒吼

我是从娘胎里就吃着火长大的孩子
我的五脏、七窍、四肢、毛孔中皆有火
它们是我离不了的水、空气和面包

火在我的身体里是一匹马、一条河
是黑夜与盲人,石头与诗歌的眼睛
是一根木头与一朵玫瑰的衷肠
是我捧着灰烬的手指,写下的光明颂词

火在我的身体里大部分的时间都是君子
也有时是小人或歹徒

## 走失的火

一堆火找到另一堆火

就有了两堆火、三堆火、四堆火和七堆火

老得满脸皱纹、白发须眉的火

它咳嗽了一声,又咳嗽了两声

不知道究竟咔咔了多少下

有一阵子,它眼中还流下了两粒盐

火在步履蹒跚地走着

脚步轻得如一根发丝落下

火在风中飘成了一缕云,云下了一滴雨

雨在一瞬间走得无踪无影

## 一只嘴上挂着水瓶的老鸹

曾经它也挂过一袋小麦
一小块意外得来的肥肉
它一边飞一边发出尴尬的叫声
口渴了就随便喝上一口
继续它《论语》一样的独白
仿佛它忽然一日就成了孔子式的人物
而现实却处在"被存在的遗忘"之中
只有政治与经济,军事与科学
这几个鼓胀得圆满的词语
美女般的无敌,宝剑般的英雄

一只嘴上挂着水瓶的老鸹
身披着一身黑色的袍子
它一边喝水,一边口吐文雅的言辞
一边向着另一个星球拼命地飞行

## 风中掠过的老鸹

在风中飞行的老鸹
飞得像一首舒缓的钢琴曲
具有令人莫名伤感的节奏
与优雅温婉的旋律
它在蓝色的天幕上渐飞渐远
飞过我怅然若失和锈迹斑斑的一生
它黑色的泪滴转身滑落天空的胸口

在风中掠过的老鸹
具有风一样反复摇动树梢的苦恼
和不可告人的言语

## 一只有个性的老鸹

一只具有智慧的老鸹
只身飞到旷野中、高山上
在一根老树杈上做了它自己的王子
在那里我行我素
大声地发表脍炙人口的言论

一只生来就有脾气的老鸹
独自逃离世人和多余的自己
奔向花朵一样凋谢的事物
在那亲切的唯我独尊的山野上
绕开狐狸的谗言与献媚
与天外的来风亲密交谈
讲一只狼与小羊的故事

一只奔逃到高山上、荒野上
无休无止抚琴的老鸹

唤醒了枯树的骨头和春雨的嫩芽
为老旧陈腐的岁月插上了新的羽毛

就这样,一只有涵养的老鸹
跑到高山上,用它凄楚的琴键
弹出了悲伤的月色,低泣的山风
令一只无处可逃的幽灵
在夜的无底深潭里俯首认命

一只在旷野上
撕破喉咙大叫的老鸹
口中吐出大量古老的石刻般的书信
消失于旷野

## 到月亮上去的老鸹

她们比月亮更加具有不可告人的缄默
黑幽灵般的冷静与面无表情
她们拖着骨瘦如柴的身体蹲在月亮上
成为月亮巨大的心理阴影
和难以愈合的创伤

到月亮上去的老鸹
她们整日想回到人间
日出而作,日落而息
春去秋来,生儿育女
哪怕这人间疫病蔓延,道路关闭
她们也将依然爱着这烟火浸润的地方

这些再也回不到当初的老鸹
在梦里经常变成一条条鱼游回大地
在水里觅食,和朋友嬉戏打闹

和另一条鱼搂抱接吻

或嫉妒她,轻慢她

只是, 一切都如梦似幻

## 一只抓住了雷声的隼

我就职的小县城

小得只剩一丝干瘪的空气

它只能勉强维持我每天的呼吸

但我不得不整日忙碌在

一栋大楼的十四层九号

闲暇时,我总喜欢站在窗口向远处望

像一只能抓住雷声的隼

从这儿起飞,向天空倾诉大地所有的怨言

就像一条痛苦的溪流把苦水全部倒进大河的腹部

就像一个无辜遭受了委屈的人

把一瓶烈酒吞入了胃中

而火在火中相互安慰

## 黑夜有无数根绳子

黑夜有无数根绳子
勒在一只鸟弱小的翅膀上
光的正义在更多的时候像个贤淑园丁
可在她迷人的眼波里偷偷划过蛇影
又在四野里不知不觉地铺陈开来
把那种不轨的意图隐藏得不露一丝痕迹

在她面前,我总在经历轮回
最后一次转世时我将变得简单
如一朵马兰花对着荒漠一样失落的草原
频频举起我盛满幽香的酒杯
用慷慨的凋零和热情的退场
祝福她晚安

## 不要向往一个花园

你不知道那里有深深的陷阱
深邃漫长的吞噬巨轮的海沟
你不知道她们的甜言蜜语
让蝴蝶死于非命

你更不清楚那个已经变成了妖的花园
妖气侵染了每一朵花的呼吸
颠覆了所有美的外表和美的内在

你也不可能知道，那些花朵的想法
是美好的还是邪恶的
你更不能知道那些开出的花是什么
但你得把一朵喜爱的花种在心房里
你得把一些花朵扎成束
给予生死、大爱或深仇
可你没有必要再向往一个花园

它也许是虚幻的、纯粹的诱惑
除此之外,或许毫无意义

## 在一个现实主义的池塘

在一个现实主义的池塘
青蛙不断发出王子的讲话
鱼在浑浊里游来游去
涂抹粉黛的莲花玉立在中央
她秋波流转,想勾引已婚的蜻蜓
面对这个乱作一团的场面
我只想背着一块巨石到山顶上
一心一意地和它对话
有关形而上学

## 所有的花儿都开出了信仰

杏花开了,桃花开了
所有的花儿都开了
结果,它们又因为同样的原因都落了

所有的人都为了信仰活着
帝王是,凡人是,乞丐也是,
结果,又因为同一个理由都去了

所有的朝代和它编年史中的大事都是草
遇到春天就绿了,走到秋天就黄了

## 在春日,我看到云的灰

在春日,我看到天空暗藏着云的灰
看见我的瞳仁上、胸腔里和血液中
也塞满了云流淌的灰
我还窥视到草地上的一只土拨鼠
从洞里探出脑袋瞭望远处的目光
同样满溢着云的谨小慎微的灰
以及绿色葳蕤的草木的内部
与一只蚂蚁细小的触角上
都包藏着云的肉眼看不见的灰

灰是命运最美的底色
星星在上面高声尖叫,兴奋地跳高
把灰暗的汗水滴入灰暗的泥土
地平线上便呈现出灰暗的雾

## 花不停地开,又不断地落

花不停地开,又不断地落
我跟在后面,成了那个脸色阴沉的人

花晚风一样轻轻地喘息着,落入了夜色中
夜色却巨石般沉重地堆积在我眼中
草丛深处那只耐不住寂寞的蝈蝈
正一声声清点露珠的冰冷
黎明前,在东边无故受伤的日出
总把血滴落在高高的东山顶上

## 西山的月亮

西山的月亮是一只悬在半空里踟躇的黑鸟
也是一只不慎落入江水里
和坠入云雾里的黑鸟
是一只我不可能走近却又不可能放下的黑鸟
也是一只我摸不透想不通的黑鸟

西山的月亮是一只过分自满的鸽子
是一只我看得见却怎么也捉不住的鸽子
是一只我爱不了也恨不了的鸽子
我曾送她九朵玫瑰,她收下了却又不理睬我
就这样,她一直站在高处
让我看得见她却又无法靠近她

西山的月亮
她是我一个人独有的月亮

## 在月亮的宴席上

在月亮的宴席上
幼小的蝎子吞食掉它们的母亲
走向新生和明天
月亮也被我们当作一只肥硕的海贝
吃掉它鲜嫩的肉
把空空的贝壳丢弃在荒废的海滩

在月亮的宴席上
人类也是一只被掏空灵魂的海贝
外壳的花纹看起来细腻
其实内部什么也没有

## 幸好我有一匹快马

　　幸好我有一匹快马,跑得跟意念一样快
　　幸好它不跑进天堂,也不跑进爱情
　　只爱奔跑在夜晚永恒的星光下

## 夏天是一个闷热型的女人

她的翘臀和丰乳
像树冠一样向上生长
好男人与坏男人摸不着也看不见
只有急性子的雷电的轻巧之手
才能撩开她的绿衣裙
触动她海水一样多樱桃一样甜的蜜汁

夏天是一个和雷电亲吻不休的女人
她过多的喷泉一样飞溅的甘露
让一条大河刹那间情绪失控
禁不住大喊大叫,像一头自满的公驴
藐视一切地狂叫

夏天也是蝉栖居在茂密树林深处的母亲
她送给女儿一把弹奏出白玉的五弦琴
那每一根弦都能演奏出魔法般的乐音

能够使熟透的星辰和果实一颗颗掉落下来
也能够逼迫秋天把它的存款
从高高的树上一点一点扔下来
扔进市政大楼的眼睛里
扔进它的存折上或银行卡里

夏天,是一个闷热型的女人
是秋天火辣辣的姐姐

## 我是一面自打自擂的鼓

我有节奏地敲打自己
我所发出的声音
是一种能使生理调和、阴阳平衡的声音
是一种能够阻止瘟疫传播与绯闻扩散的声音
是一种烈火燃烧与光明孳生的声音

我总爱敲打出抑扬顿挫的各种声音
它就是我生命的全部律动
也是构成我生命的每一个音符、音节

我总喜欢忽东忽西、忽高忽低,虚无缥缈地敲打自己
也热爱忽上忽下、忽左忽右,超越常规地敲打自己
无论我怎么挥舞我的鼓槌,都是那么刚劲有力
都会正中我的命门,敲醒我的执迷不悟和愚蠢

我永远爱我所捶打出的声音

我的生命也好似这一声声随起随落的鼓音
我喜欢它的空洞无物、昙花一现
就像我喜欢酒色财气,喜欢把一撮土作为宿命
就如同我现在喜欢的,也曾是我爷爷我父亲喜欢过
　的一样
我将始终钟情于我那干脆利落
空灵隽永和余音绵延的鼓音

我爱这面鼓,留恋它空洞的甚至是老虎般的吼叫
热衷它招风引雨、一时震天的声音
更喜欢它空气般膨胀继而又急遽泄成一张皮的声音

## 海棠花吐出了口中的火苗

别在我的眼前露出你火热的目光
我的卑微钻地入洞,逃之夭夭
我的明月心生妒忌,手持弯刀
我的肚肠七上八下,长夜难眠

别再用你那洞穿石头的火舌
拷问我的胸膛,它的里面:
五谷暴跳如雷,玫瑰急速枯萎
红杏飞跃出墙,桃花和梨花被蜜蜂强吻

别再用你那火焰般的高温
墓碑般深沉的目光看着我
我的自卑如风入林,无踪无影
我的残月羞愧难当,低头如钩

别再用你那炽热的嘴唇

吐出口中的火苗
我的飞蛾已经扑火
我的眼神早已成灰

## 高处飞来的雪

她是从北风宽大的胸襟里飞来的鸟
她是从母亲的子宫里跑出来的孩子
她要催促所有的花朵
在春天的泥土里绽放
她要着意打开一朵花儿馨香的笑容

她是上天恩赐于我的天使与诗篇
梦幻与仙境
她也是我的陨石,从高处落下来
打碎了一面镜子完整的水银
她更是我的火把,从我的血管出发
烧毁了缪斯的花园

她是时间古老悠远的钟声
这声音犹如百花把春天含在口里
雷电把夏天抱在怀里

果实把秋天收获到它的篮子里
羽绒服与羊皮袄把冬天紧裹起来

她是季节沸腾的热血
是上天种在我们心里古老的种子
是生长在春夏秋冬里的庄稼

请给我一双巧手,让我轻轻撩开她的面纱
她是太阳的女儿,百花的母亲
她是所有时间温情的酒杯
里面盛满了春雨甘甜的邀请

这高处飞来的雪
是万物盛大的庆典

## 别辜负了这黑夜

别辜负了这黑夜
黑的发丝黑的梦
别辜负了这闪亮的星星高歌的夜莺
擦亮我的前方,眼睛和骨头
穿上我的羊皮夹克,羊毛袜子,牛皮靴子
穿上我的苦难,我的疼痛,我的绝望
骑上鹰之马,风之马,意念之马
奔向道路和远方,尘埃和云朵
踏碎世人的轻慢与嘲讽,嫉妒与觊觎
我要向着这发黑的远方一直流浪
我必将是一轮冷漠的带刀的弯月
我要一刀一刀为自己刮骨疗伤
我的刀刃上,黑夜和大雪纷纷而至
它们是我刻骨铭心的琴音
是黎明伟大的颂歌与黑夜伤痛的情书
我将决不辜负这黑夜黑的蜜糖,黑的箴言

## 黑夜是我的一节肠子

黑夜是我的一节肠子
里面有一大堆生锈的话
只有向一只猫头鹰去说
向一个又丑又老的黑巫婆去说

黑夜,是一个内心矛盾的女人
她手里刚刚丢下滴着黑血的刀子
就和我紧紧抱在一起
黑得不讲分寸,不讲情面
让天和地重新合起来
盘古重新回到了巨蛋
进入了亿万年的睡梦

## 马鞭草

在它紫色跳跃的潮水里
一只飘逸的蝴蝶
就快要被淹没全身

马鞭草啊!请你用千斤的花香
抽打那个居心不良的入侵者吧!
粉碎掉她深藏不露的伪装
她就会成为你手心里晶莹的珍珠

马鞭草啊!请你用千万条沾满花香的鞭子
狠命地抽打我吧!惩罚我作为一个男人
一丝花香也给不了这人间的窝囊

马鞭草啊!请继续把我鞭打
最好是皮开肉绽
我将一言不发,痛快承受

要不然,今生就只能害苦了一块石头
让它背负着我沉重的罪名
死不瞑目

## 豹子的敬礼

活在这烟火的人间
钱是珍贵的
豹子也必须为它举起双手敬礼
为它钻过火圈，跃上高台
为它闭上所有走向森林的眼睛

活在这烟火的人间
钱是珍贵的
豹胆豹威也坚决要为它丢掉
只装作一只会撒娇的乖乖猫
一只学会俯首低眉的变态猫

活在这烟火的人间
钱是珍贵的
一块睁开眼睛的墓石
正清点着每一个生者还剩下多少个生日
其中，也包含着一只关在铁笼里的豹子

## 我们的两只眼睛

一只种满了葡萄
另一只长满了棘荆
种有葡萄的那只,送给了我黑夜
尽管她的头顶总有那么多星光
但是她的梦从来没有真正亮过
长满棘荆的那只,送给了我双脚
它让我有太多的苦难疼爱着
就像风在遇到一堵墙后
从此懂得了如何宛转地行走

我们的两只眼睛里,亿万年来
流淌着黄河长江热血沸腾的初衷
迁徙着大雁南去北归的命运
和它嘹亮的歌谣

我们的两只眼睛里

开出的花是甜的,流出的泪是苦的
所看到的天是蓝的,地是黄的
而我们在天蓝地黄的本色中
再次诞生

## 世界正被玫瑰汹涌的情话亲吻

请用玫瑰的吻向我开炮
请让我房舍倒塌,无家可归
找不到水和面包

请用玫瑰的吻打碎月亮的灯盏
让瞎眼的黑夜,无法看到一点光亮

世界正被玫瑰汹涌的情话围困
并烙上炙热的红色的唇印

## 我想做一头牛

光吃青草喝白水就很好了
要是再加一些玉米和麸皮就更好了
只是这样的想法有点幼稚,没有长大
现实的苦累和冷暖都只能不说
就是被一条皮鞭狠抽,也只得夹紧尾巴扛下来

有时总自我安慰地摇着尾巴
使它像一个老旧钟摆上的时针
一圈一圈无聊地转动着
可它总在静静地等啊!等那只蜗牛爬上了高树
等一阵秋风亲手散尽了黄叶
它就会起身,大步走向光明的路途
在最神圣也即最后的时刻
它将向着这尘世大吼三声
第一声喊出自己的无奈
第二声喊出时间本身的颓废

第三声喊出一把刀的疼痛
从此，它将从人的牙齿进入人的身体
在那里苟活，但不再踏入他们的视网膜半步

## 燕子的剪刀在三月飞行

燕子的剪刀
不知把春天裁出多少花样
把我新娘的嫁衣剪成什么模样

我只看到,抹着粉色口红的桃花
正在山洼里开得七零八落,暗自成殇
春风,这一匹就要翻过山梁的枣红大马
驮着我的蝴蝶我的心肝不知去往哪里?

燕子的剪刀在三月宛转地飞行
被剪碎的梦境和春风寂寞无语

## 我是一棵飞翔的树

我走过一个又一个春天
开过一茬又一茬花
它们一朵朵都飞走了
我结过一筐又一筐果
落过一片又一片叶子
它们都跟着落日离开了
但我真的厌倦了这样的重复
想开始真正属于自己的飞行
我的根注定会变成两个巨大的翅膀
带着我飞向忧伤的梦幻的蓝色大海
最后在母亲一样柔软的虚空里
我将像一只小鸟,回到她黑丝绒一样暖和的巢里

# 用火的泪滴烧伤一个沉默的黑夜

请为石头点上明灯
请为孤独流下清泉
请为它们唱响一支快乐的歌谣

请为迷茫的星星指路
请用双手合十的祈祷
安慰一下夜晚啼血的杜鹃
请它们回到温暖的被窝

请为一个女人枯萎的爱恋种上花朵
请为一个男人萧瑟的岛屿栽上树木
请为他们重归于好干了这杯热酒

请为生死吹响嘹亮的唢呐
请给空谷留下动人的回响
请花朵自开,果子自结

请庸人自动走开

我要一个人在深夜里想你

一个人用火的泪滴烧伤沉默的黑夜

让它不分昼夜

独自歌唱,独自哭泣

独自奔向坎坷不平的远方……

## 再看你的眼里

落叶纷纷而下
雨水顺着河水又回到了云里
我们古老的情爱
是一个没有房子没有树木的孤岛
只有风一直在吹
吹落一朵一朵的百合
吹走你眼里成片成片的秋色
只为我留下荒草枯萎了的眼神

再看你的眼里
风轻轻地叹息,树叶静静地遗失
光阴一寸一寸地落下老旧的皮屑
容颜像核桃一点一点地褪去了青皮
生命只剩下一朵留白的雪花
飘落在我特意固定下来的冬天

## 为所有的庄稼歌唱

就让我用时间的针,一下一下刺穿自己的胸膛
就让我与真正的我越走越远
就让我手执自己的矛去戳穿自己的盾
用自己左手的一块石头
砸伤自己右手的一块石头
就让石头的伤口痛快地流血
就让我与我永不言和
自己把自己折磨到最后一刻

就让我的身体变成松软的土地
生长一茬又一茬头顶麦芒的王冠
就让我曾经的汗珠,化作田埂上一只翻飞的燕子
为所有的庄稼歌唱
我将是一个不朽的王者

## 枣园的枣

在那个窑洞边上
亲手种上枣树的人叫共产党
从此,时间的血水和泪水就喷涌而出
浇灌出一粒粒光明的火种
闪耀在太阳升起的地方

掏出灵魂,抛下肉体
真正走进枣园的一颗枣子
就像走进了太阳系的某一颗透明行星
我看到了光芒在燃烧
暗黑的时光,尘埃与微粒

在这里,一颗熟透了的枣子
是一枚历史腌好的蜜饯
就连一粒枣仁也是慈悲的
当它经过你的身体,就有一个菩萨
送你一朵莲花

## 延一井,从地层深处
## 我听见你的腹语

从火箭、飞机上,我听见你在
飞行或者超音速地飞行
从汽车、轮船、火车上
我看见你在加大马力地奔跑
从高楼大厦、高高的信号塔上
我望见你频频低头或仰首
从森林、花园与少女的面容上
我看到你的微笑里闪现星光
从地层深处我听见你融化石头的腹语
从两个世纪交会的港口
我看到你帆船上的曙光明亮而耀眼
你海面上的波涛金光万顷

延一井,就让我以一滴石油的名义
为你点燃新世纪闪光的初心

## 鲁艺旧址

教堂里的上帝已经不知去了何处
它的十字架也不晓得遗落在哪里
只有"鲁艺学院"这个名字依旧不朽
它红色的思想和旗帜还在引领着东风的方向
还在激励着一个十四亿人口的民族
继续复兴和伟大

## 我有两个女人

她们高兴的时候枫树就红了
忧郁的时候银杏就黄了
我站在她们中间
看见大雁从头顶飞过
白雪从身上飘下

时间都是金子
可我依然没车没房
只有她俩是我的珍宝
我可以亲,可以吻
可以当酒喝,当诗吟
也可以如石头对待石头
僵持着谁也不先开口说话

她俩一个的小名叫作秋风
一个的小名唤作秋雨

## 你的眼泪

不知是谁种出了天上的星星
游子用他眉毛的弯刀
又收割了一大片熟透了的月光

找到了空气和水的鱼
在泥土纵深处
游回了母亲疼痛的子宫
落进土壤的种子就在抽芽破土的路上
发出了一声脆响

天上的雪花燃烧了孤寂的石头
北斗星的杯子里溢出了醇香的美酒
喝醉的萤火虫在黏稠的夜里跟跟跄跄
一盏孤灯找不到回家的窗口

珍珠和落日掉在了乡下

黄昏还没有结束
黎明的守望已捧出了迎日的莲花

父亲的牛羊纷纷走上了朝圣的大路
它们还没有见到面带春风的菩萨
一把刀子就说出了它们该说的话

## 我有七十二变

我随时随地在改变着自己的形状,肌肉和细胞
有时变成小鸟、露珠、花朵、蜜蜂及蝴蝶
有时化作空气、水、鱼及鱼口里吹出的泡泡
有时成为风、雨、雷、电的替身
有时沦为强盗与暴徒的同类

只为她一丝无关紧要的微笑
我可以不断堕落,从高山下沉到深渊
从大树变为朽木,从花朵变成泥巴
从飞蛾变成卵,从卵又变成虫子
依然没有获得她的笑容的我,将继续变
从怨妇变成男人,从奴才变成主子
从小人变为君子,从无赖变作绅士
从牛变成马,从猪变成狗
不得已,最后变成一个鸟人
我将离群索居,不和别的鸟来往,不和自己说话

只把黑夜当作一块神奇的矿石
企图在其中挖掘出属于我私人的金矿

## 提起那个人

提起那个人

秋雨陷在秋雨的脚印里不能自拔

秋风一天比一天黄得厉害

我把自己关在了逼仄的鸟笼里

把自由还给了天空中的鸟儿

提起那个人

我的呼吸就有些急促

她好像有着海沟般深邃的目光

高山般俊秀的额头

她的魅力没有谁可以抵挡

当我不慎把灵魂迷失在那里

大地上,只有水从石头上流过

火在草木中生长

## 她是我的春之海棠,冬之飞雪

她是我的一朵乌云
化作春雨打湿了杏花
化作了一个人胸中发酵了多年的闷雷
和一块石头变本加厉的固执

她是我的珠穆朗玛峰上的白雪
是一面日光下面朝东南的镜子
从高处透视出我身体里隐约的不安

她是我的春之海棠,冬之飞雪
是一根善干缝合伤口的银针
她每刺我一针都算作是吻我一回
每吻我一回我的身体就多一处暗伤
我的额头上也会多一道深沟

她是我的一个黑漆漆的海沟

我是里面的一只章鱼

八只柔软的触手，每一次

都能捕获一寸暗淡的光阴

她是我的荒漠与戈壁

是我的海干枯之后，留下的遍地龟裂

她是我林间跳跃的松鼠

水里嬉戏的鲫鱼

我却只是原野上行走迟缓的大象

山顶上迎风挺立的大树

她喜欢她的泡泡糖

我热爱我的红苹果

她钟情于牙齿和舌头频繁的抚慰

我青睐于秋风与日光激昂的赞颂

她是我的爱笑爱哭的女人

笑时，山泉叮咚

哭时，小雨淅沥

但有时笑里藏针，泪中有毒

她是我的贤妻良母
是水的精华，火焰之心
是神、鬼、人的合体
是一面照见万象又无法做出定论的镜子

## 中秋的月亮

中秋明亮

是一个影子在另一个影子里

找不到重逢的理由

是一根掉在树林中

再也找不回金色翅膀的羽毛

是一只遗落在草丛中的蟋蟀

整晚用忧伤的丝弦弹奏,黑夜里

一条鱼在水中唱着没有泪水的情歌

## 八月在长安遇见了桂花

自从八月在长安的古城墙下
遇见了桂花
我就开始长恨着这人间
没完没了的是非曲直
被一个手无寸铁的弱女子
"一味"地抹杀,简单地活埋

自从在八月长安的古城墙下
遇见了桂花
我宁愿喝酒也不再相信爱情

## 四月的槐花

四月,一树一树的槐花站在山岗上
站成了一个个临风而立的美人
身上的香气穿墙入室
去凡人到不了的地方
闻着她的味道,一种内在的孤独向上成塔
塔尖初现光晕
向下成河,水流发出呜咽的响声

四月的槐花无论是羞涩地开还是肆意地落
都是一个中年男人抑郁的症状
也是一个女人进入更年期发疯的病态
面对她,我喜欢抽烟
在一个个烟圈里,散尽一缕缕时光

四月,一朵槐花
预示了一个人全部的命运

铺陈开了花开花落飞满天的景象

四月的槐花
在春天的伤口里下着雨走了
在夏天的绿荫里
被一只蝉反复地提起

## 对身体的疑问

水的温柔让我们以生
火的焚烧让我们以死
在四季的镰刀下,青草
花朵和月光不断被收割
我也忙碌着,在思想的深处
种上五谷、鸟鸣、风声、雨声
疾病、石头和它意想不到的荒芜
在闲暇之余,我还会走在身体和时间之外
对着自己发问:
是谁让我们长着人的面孔
蛇的舌头和鱼的鳞片

## 我在我的皱纹里栽花种草

喂一群鸽子,放几只山羊
把远方的白云折叠,打包和安放
私藏一小块鱼也不懂的水域
一封来自大雁的书信
每当我站在我的皱纹里张望
脚下的地平线就会无限延长
偌大的星空便一览无余
其时,我不说话,但心里很踏实
总相信天上有某一颗星
是为了我才发光的
它的存在也完全是因为在人间
有一个叫闫太安的邋遢之人

## 我想爱的那个人消失在人海

我想种的花不止一朵
想栽的树不止一棵
想爱的人早已消失在人海

站在这密植的芦苇荡一样的人间
我是一根吹奏西风的竹管
我的演奏里,最美的那朵芦花早已消失了踪影
唯有一场大雪转身而来,成为我最美的知音
只有她挽起了我的手臂,向着白云倏然而去

## 和一场雪谈恋爱

她为我舞蹈
亲吻我的额头
为我在空中播种了整片麦田
和麦田里黄澄澄的波浪

走在一场雪里
我是最帅的王子

# 雪

那一朵朵精致的白
是语文老师用白的粉笔写出的字
他把一整块黑板都写白了
也把我的呼吸和眼光写白
把一些灰暗的故事写白
把一个卖火柴的小女孩写进白里

面对一场下得正欢的雪
我缩手缩脚,不敢踏入半步
我怕我脚上有泥,心里有污

雪其实是一个姓白的女子
她的皮肤是白的,心也是白的
如今头发也成了白的
自从她嫁给了我
我们就一直在雪地里过着日子

在雪中干活,说雪一样白的话
生儿育女,慢慢变老
老得似一粒雪,即将融化

## 和爱人一起在秋天里走过

我感到秋风一阵白过一阵

树上的叶子一边变白一边飘落

我们的头发和眉毛也在急速变白

想起昨天和今天走过的路都成了白的

身后的脚印全部变白,没留下一点痕迹

我和她仿佛成了两个白色的影子

正在风中摇曳着

脆弱的时针一点点消逝

## 老家的老屋

只有一颗流星为她点燃过一根火柴
只有一只乌鸦给她说过一句真话
只有一场大雪为她盖过一床棉被
只有一丝月光抚摸过她满是皱纹的脸庞
只有一只山鼠在她的腹中生了一窝儿女

布谷鸟年年在她的四周种上荒草
种上了哑巴一样不会说话的星星
墙角的那株葡萄藤几次爬过了墙头
它想飞出去的愿望一次次化为泡沫

只有河沟里的那些青蛙仍然不甘寂寞
它们憋足了一口气
把新时代的鼓敲打出惊雷
只有小河边上那几只红色与蓝色的蜻蜓
依然是我童年的一架架没有导航的飞机

载着我所有的幻想,飞向了迷茫的丛林

老屋里,一件被新时代遗弃了的旧农具
被信息化、智能化和科技化淘汰了的一头老黄牛
让我不敢对它进行深入的想象
无可奈何,只有把它头顶的弯月摘下来
当作一把幸运的镰刀,在城里
收割刺目的霓虹
虽然手指会被固执的梦想扎破
但是我对它的初衷依旧没能改变

现在,陪着它一起老去的除了月光
还有陈年的老酿、乡愁和民歌

## 光明的童话

我去过所有爱的店铺
它们都挂着光明的牌子
经营的全是黑暗的货物

我想要的真爱
在夏夜的一只萤火虫那里
进入了光明的童话

## 想去太空旅行

放飞我梦幻的种子去改良

最好让王大伯的一株玉米生出十二个萌娃

李二叔的一蔓西瓜结出一头大牛

张四婶的一棵白菜胜过一头肥猪

如果在月亮上见不到嫦娥

就带一瓶桂花味的香水回来

送给染了黄头发的二丫

让她变得又香又美

要不就带两颗月宫的小石子回来

作为千年的古董收藏起来

顺便跨过天河

把织女带回来还给牛郎

去太空旅行

世界遂我心愿

我按下我的呼出键
叫出巨蟹座与狮子座
喝喝茶，唠唠嗑就行
拍拍照，下下棋就好

## 我的孤独是太阳

我的孤独白云不知道
明月找不见,晚风吹不着
快马追不上,雄鹰飞不到
就连最快的航班也到达不了

我的孤独只有我能驾驭
她像草原上的格桑花,开得灿烂
被爱花的姑娘摘下来,顺便插在了月亮上

我的孤独是温和的
她在沙漠上被沙子表现得细致入微
我赤脚走在上面
就有一种走进白云中身在桂树下的惬意

我的孤独是雨水在发芽之后
生长成了天空与大地的花园

和一匹匹矫健的奔向春色的白马

我的孤独是站在树枝上的那两只报喜的喜鹊
和她们自由高挂在树杈上的那个窝巢
相信她们在上面生活过的每一天
都比春风拂面要好，比蜂蜜含在口里要好

我的孤独是一个不断长大的孩子
在地上她是白杨
在天上她是太阳

## 在春天失恋的人

桃花为什么要落,桃花不说
水的平静为什么被风一再打破
水一言不发
鱼为什么会被鱼钩钓走,鱼一声不吭
就像一朵云即使被雨完全撕裂了,云也不说什么
就像一棵树哪怕被风吹光了叶子,树也沉默不语
就像现在
云不高兴时,云自己飘向了远方
风不快乐时,风自己吹到了天边
水不开心时,水自己流到了海里
在春天,那个男人一声不吭

## 我用双脚支起了太阳

但愿我的双脚是卡尔纳克神庙的圆柱
支起了我头顶勉强可以发光的太阳
我迈着艰难的步伐像一个背着教堂的老鳖在移动
就这样,我慢慢在挣扎中
老成了一部深奥破旧的《圣经》
但是里面还有遗留给小草和花朵的光
它们将继续在低处重复我不枯的脚印

## 我的大脑成了花园

在虎年的春天三月
有那么多的妹妹值得我去爱
迎春花妩媚,桃花娇羞,无名的野花芳菲
在众花之中
我最爱的是那小小的雪花
她们从高处来时,天空就成了花园
等她们融化进了泥土
大地山河就诞生了新的花园
当她们落进我的思想中
我的大脑也成了花园